KB104634

잃어버린

계절

NAKUSHITA KISETSU ─ KIM SHIJONG SHIJI SHISHU
by Shijong KIM
ⓒ Shijong KIM 2010, Printed in Japan
All rights reserved.
First published in Japan by Fujiwara-Shoten.
Korean translation copyright ⓒ 2019 by Changbi Publishers, Inc.
Korean translation rights arranged with Fujiwara-Shoten through
Imprima Korea Agency.

이 한국어판의 판권은 Imprima Korea Agency를 통해
Fujiwara-Shoten과 독점 계약한 (주)창비에 있습니다.
저작권법에 의해 보호를 받는 저작물이므로
무단 전재 및 복제를 금합니다.

잃어버린 계절

계절

김시종
시집

이진경 · 카게모또 쓰요시 옮김

창비

여름

가을

겨울

봄 /

일러두기

1. 본문의 각주 중 •는 저자의 것이며, 옮긴이 주는 *로 표기하였다.

2. 저자의 각주 중 일부 한국인에게 익숙한 내용은 삭제하였다.

3. 외국어는 되도록 현지 발음에 가깝게 표기하되, 일부 옮긴이의 의견을
   반영하였다.

여름

마을

자연은 마음을 편하게 해준다
라는 당신의 말은 수정되어야 한다.
정적에 묻혀본 적 있는 사람이라면
얼마나 무거운 게 자연인지 안다.
나일강 반사된 햇빛에 마르면서도
여전히 침묵에 잠겨 있는 스핑크스처럼
누구도 밀쳐낼 수 없는
깊은 우수로 덮쳐온다.
들러붙은 정적에는 자연 또한 포로이다.

자연은 아름답다,라는
지나가는 여행자 감상은 젖혀두어야 한다.
거기 살고 싶어도 살 수 없던 사람과
거기 아니면 이어갈 수 없는 목숨 사이에서
자연은 항상 다채롭고 말이 없다.
떠들썩한 날들을 살아본 사람이라면
안다 정적의 끝이 얼마나 멀리 있는지.
왜 도마뱀은 일직선으로 벽을 오르고

왜 매미는 천년의 이명(耳鳴)을 울리는지도.

모두들 떠난 마을

이제 정적이 어둠보다 깊다.

하늘

아득하여 좋은 것이다
오제(尾瀨)*는.
들어가서는 안되는
오지의 거처 하나
가슴에 품어 그려봐도 좋은 것이다.

함부로 오르지 마라.
전승(傳承)의 신이 뻗쳐 있는
봉우리 정도는
멀리서 우러러 절을 해두라.

아득하여 좋은 것이다
떨어져 있는 나라는.
목소리 하나 이를 수 없는
울타리 안에서는
이마 위 오른손 물들어도 좋은 것이다.

구경 삼아 가지 마라.

오래된 길에 이정표 하나
천년의 침묵에 가라앉아 있다.
가서 더럽힐 맨몸으로는 가지 마라.

아득하여 좋은 것이다.
방치된 무덤과
희미해진 가향(家鄕)
함께 등 돌린 세월은
그것대로 아득해도 좋은 것이다.

* 군마(群馬)현, 후꾸시마(福島)현, 니이가따(新潟)현 경계 지역에 있
  는 일본 최대의 고원습지 지대.

어금니

벗어난 놈은
몽구스가 된다.
몽구스는
버려진 것의 변신.

형편에 맞춰 길들여지고
불어나면 이내 버려져서
메마른 거리 뱀 한마리 만나지 못한다.
마침내 여윈 하이에나가 된다.

통제와 규제의 균형에서
아주 쉽게 벗어난 삶.
벗어나면 황야다.
갈 곳 없는 삶은
손톱을 세워
저주하듯
희미한 시선 어둠 속에서 번득인다.

한낮의 그늘에서
헐떡이는
어금니여.
지금 나는
부도덕할 만큼 살찐 놈이다.
습격당할 순간을 기다리는
떨고 있는 맨몸이다.
균형의 질서 깊숙이
천천히 겁먹기 시작한 나의 사상.

벗어난 놈
송곳니는 뾰족해진다.
균형에서 빠져나온 것은 모두
으르렁 소리를 감춘
어금니가 된다.

여름

소리 없이
소리 내야 할 목소리
밑바닥에서 배어나오는 계절.

생각할수록 눈앞이 아찔하여
조용히 눈 감아야 하는
마음의 밑바닥 계절.

누구인지 입에 올리지 않고
남몰래 가슴에 품는
추모의 계절.

소망하기보다는 소망을 감추어
기다리다 말라버린
가뭄의 계절.

희미해져 기억마저 투명해질 때
땀투성이로 후끈대는

전화(戰火)의 계절.

여름은 계절의 시작이다.
어떤 색도 바래지고 마는
터질 듯이 하얀 헐레이션*의 계절.

* halation. 과다노출로 사진이나 상이 뿌예지는 현상.

빗속에서

장맛비에 흐릿하게 보이는
바깥에 내놓은 의자.
나에게서 벗어난 나의 거처 같고
있다는 것조차 잃어버린
풍화 중인 뼈 같기도 하다.
아마 그것은 거기서 기다릴 수밖에 없는 무엇이다.
결코 떠났다고 할 수 없는
거기서 물보라 피워 올리며
누구 것도 아닌 목소리가 웅얼대고 있다.
다듬어진 울타리 바로 그 덤불 속
떨어지는 물방울로도 씻기지 않을 신록이 숨 쉰다.
비는 스스로를 씻고자 계속 내리는 것이다.
장맛비 속에서는 누구 하나 어깨를 펴지 않는다.
보여도 보이지 않는
질퍽거리는 나라의 논밭이 보이지 않고
거기 흠뻑 젖은 목소리가 보인다.
우두커니 물보라 튀기며
우듬지 저편 흰 의자가 부옇다.

시퍼런 테러리스트

테러도 만날 수 없어
사람만 그냥 죽는다.
하다못해 스쳐 지날 수 있다면
나야말로 테러리스트다.
하지만 아무리 기다려도
거기서 기다리는 나는 없다.
이렇게 명백히
시대를 되돌리려는
높은 분들이 계시고
테를 둘러 민초(民草)를 말려버리는
장군님도 여전히 세기(世紀) 전 그대로인데
그래도 복종해 마지않는 사람들이 있고
나는 그저 먼발치서 바라볼 뿐이다.

언젠가 만나게 될 터라고
밤새 쉬지 않고 종이 폭탄을 만든다.
물건에 곰팡이가 핀다.
장마가 싫다.

축축하고 소금기 없이 늘어진 시간
전선(電線)까지 녹이 파고 들어가
왕래의 울림마저 벽에 젖어온다.
제대로 겨냥하고
정확히 이름을 기억하고
어디의 누군가를 목록에 감추고
시가(市街) 지도를 뒤지며 걷던 나의 폭탄이
골목 그늘에서 젖어 있다.
젖고 젖어 찢겨간다.
가서 만나면 꼭 세상을 뒤집을 나의 울분이
어떤 반응 하나도 없이
버려진 전단지처럼 무시당하고 만다.

그날도 나는
나란히 선 대사증후군 땀 냄새 속에 있었다.
포식의 일본에선 이런 나마저
영양 삭감의 미덕에 홀려 있다.
굶주림보다 훨씬 더 부도덕한 비만.

이득은 늘어나 부풀어오르고

어느날 누군가와 함께

국제견본시장 한복판에서 나는 파열할 것이다.

시는 쓰여지는 게 아니다.

그래야만 한다고 근육 단련 아령을 던져 올린다.

재빠르게 몸을 휘청

유연하게 뒤로 젖히는 나.

아직 현역이다.

기다릴 것도 없는 8월이라며

여름이 번쩍이는 일은 이제 없을 거라며
온통 투명해진 시절이기에
더구나 두근거릴 일일랑 여름에는 더이상 없을 거라며
그래도 그는 무구한 얼굴로 혼자 있는 나를 엿본다.
튀어오르던 청춘도 기둥이었던 사회주의도
당사자 본인이 부순 지 오래인데
잠들지 못하는 아내의 마음 하나
갇혀서 살아온 건 오히려 자신이건만
못내 신경이 쓰이는지 주의 깊게
내 눈치를 힐끔 살핀다.

지울 수 없는 여름도 있는 것이다.
계속되는 기다림의 끝 그 안간힘이
멀쩡한 나의 정신을 끊임없이 거슬리게 하는
그의 적반하장이
질리지도 않는지 여전히 강한 척하면 할수록
나의 체념도 안색을 바꾸어 입을 삐죽거린다.
아직도 여름은 욱신거림 속에 있는 거라며

나는 마구 분별을 잃어간다.

그럴 만큼 깊이 박힌 기억 때문에
희미해진 기억만이 남았기에
빛나던 여름날의 밑바닥에서
여름은 산산조각 나버렸기에
여름은 파편 박힌 기억이다.
주춤할 틈도 없이 여름은 밝아져서
겨우 잠든 아내의 잠든 숨결에
나도 함께 눈을 깜박이며
헛기침을 섞어가며
이유 없이 치미는 것을 삼켜 누르고는
새벽에 하얗게 희미해진 눈으로
그래, 여름은 아직 목이 메어 있는 거라고
외면하는 그에게 거듭 되돌려준다.

잃어버린 계절

우리의 계절은 이미 잃어버린 지 오래다.
있는 건 마찌꼬바 무더위에 지친 카네모또 요시오
깡마른 목덜미를 스치고 다시 불어오는
업무용 선풍기의 힘찬 울림,
혹은 직업소개소 대기실 지친 비정규직
이마에 미끈대는 외분비선 기름기뿐이다.
정주(定住) 외국인인 조선인임도 이젠 확실하지 않게 된
너와
더없이 사근사근해진 한류 팬 중년 부인 사이에서
이토록 느긋하게 즐거워하는 것은 드라마의 다음 편과
한정식의 많은 반찬 가짓수다.
술렁이던 여름 그 회천(回天)의 기억은
이슬만큼도 누구에게 전해진 흔적이 없다.
자국 없는 여름이 그저, 지금 소란스레 번쩍이고 있을 뿐
이다.
가끔 함께 있게 될 때도 있어서 이야기를 나누지만
자랑하듯 떠들던 연예인 가십도 끝내
북의 왕가 세습 이야기에 이르면 목소리가 높아진다.

모르는 게 없을 만큼 세상을 아는 그가

어쩐 일인지 인권에 관해선 완전한 백지다.

그렇지만 카네모또가 세상에 눈뜬 건 고생 덕이다.

그의 세계는 골목의 공장과 주간지의 화제로 대개 만들
어지지만

철공소 직공은 철공의 오기로 사는 것이다.

오기는 원래 완고한 것이다.

완고함이 있어 신념도 굳어진다.

편견으로 기울어지는 이유이기도 하다.

카네모또는 카네모또의 편견 속에서 사는 것이다.

세상 끝 희미한 금 같은 골목 바깥에

세계는 펼쳐져 있다.

바이트 끝에서 기름 먹은 연기가 으드득대고

한치의 오차도 허용하지 않는 나사못이 깎여나간다.

때아닌 비가 쏴아 슬레이트지붕을 때리고

문득 핏발 선 후세인같이

세계가 지금 지나가고 있다고 눈을 치뜬다.

불통(不通)의 나라에 대한 편견은

널리 퍼져 있는 한 편견이 아니다.

그것은 만들어진 상식이다.

만들어지는 것은 부추겨진다.

오직 하나의 예외 카네모또만 상식적이지 않다.

어디서 살든 죽지 않는 한 사람은 살게 마련이다.

갑자기 환풍기 도는 소리를 들으며

시루 속 콩나물이었다는 아버지가 다시 떠올랐다.

6·25로 쫓겨간 부산 밀항선에 숨었을 때

찜통 같은 그 어둠 속 더위 말이다.

축축하게 땀이 배고, 슬그머니 여름이 얼굴을 들이민다.

화약 연기 속에서 북으로 간 것은 김억˙ 강처중˙ 등

생각 많은 사람들˙이었다.

그런 그들이 흔적 없이 사라진 것도

무더위 속 여름의 일이다.

언제나 그렇듯 골목의 공장 구석에서 어깨를 움츠리고

선풍기가 뱉어내는 여름 바람처럼 여름이 사라져간다.

- 호는 안서. 1896~?. 평안북도 정주 출생. 1920년대 초『창조』『폐허』동인으로 활동. 프랑스 상징파 시인들의 시를 번역한『오뇌의 무도』(1921)가 조선 최초의 번역 시집이 됨. 투르게네프, 베를렌, 타고르의 시와 중국 한시 등도 번역. 에스페란토어의 선구자이기도 함. 조선전쟁(6·25동란) 때 월북. 지방의 공동농장에 강제적으로 이주당한 후 소식 불명.
- 비명의 시인 윤동주의 유고 대부분을 모아 보관하여 세상에 내놓았다. 해방 후 경향신문 기자로 윤동주의 시를 소개하고 유고 시집 출판에 핵심적인 역할을 했다. 남로당원으로 사형선고를 받았지만 조선인민군에 의해 풀려난 뒤 월북 이후 소식 불명.
- 6·25동란 발발 전후, 북조선의 사회주의 건설을 동경한 많은 문학자, 예술가, 문화인이 월북했지만 거의 대부분은 생사불명인 채 소식이 끊겼다. 김억, 강처중도 그러한 사람들 중 하나이다.

가을

여행

마음의 지평에서는
간극은 시냇물 정도
세월은 흔들리는 나뭇잎 같고
시공(時空)은 시계의 문자판 정도이다.
나날은 두툼한 시간표로 철(綴)이 되어 있고
예정은 항상 공항 대합실에 늘어져 있다.

마음의 지평에서는
조상의 땅과 제주도가
재일(在日)과 섞여들어 말갛다.
살육은 언제부터인지 대숲이 되어
죽순이 끊임없이 까맣게 싹튼다.
맹종죽(孟宗竹) 맛난 요리법을
버스 안내원은 장황하게 말하고
갈색 즙이 타이어 자국에 축축하게 배어 있다.

마음의 지평에서는
휴화산조차 뭉게뭉게 살아 있다.

연기를 내뿜어도 누구 하나 도망가지 않는다.
동굴에서 잇따라 마을 사람들이 나타나
그것은 꿈이었다며
재앙을 태우는 산을 보고 있다.

구불구불 흘러서 주둔지를 다 삼키고
위대한 동상에도 용암이 육박하고
이지러진 얼굴이 부러진 채 매달려 있다.
난폭한 모든 것이 덮쳐 들끓어도
마음의 지평에서는 모든 것이 고요하다.
평소와 다름없는 석양이 비추고
물든 담쟁이가 군사경계선 철조망을 기어오르고 있다.

마음의 지평에서는
거리는 개미굴이며
나라는 신기루이고
세월은 잔물결처럼 스쳐 지나간다.

창공의 중심에서

저는 목소리가 없어요.
소리를 지를 만한 의지처가
제겐 없어요.
그저 중얼거릴 뿐
목소리는 제 귓속에서만 울리고 있어요.

저는 알릴 방법을 알지 못합니다.
저는 어떤 정보 기기에도
속하지 않아요. 내버려진
목소리만 귓속에서 울리고 있어요.

이제나저제나 줄곧 생각하면서
바람처럼 말은 언제나
소리만 남기고 갔어요.
언제 보아도 야트막한 언덕
대학교 건물은 묵묵히 서 있고
딱딱한 나무 열매는 그래도
그 와중에 떨어지고 있었지요.

미처 하지 못한 말
무수한 눈에 둘러싸여
더듬거리고 있어요.
아직 저는 고백을 모르고
소원을 이루어주는 말 또한
아직 알지 못합니다.

귀를 찢는 굉음이 터져나오고
목소리가 공중에서 멸구처럼 모여들고 있어요.
곧바로 참새가 떼 지어
하늘을 쓸어주고
겨울이 올 겁니다.

말이 여기저기 내리고 쌓입니다.
귀를 기울이며
제가 있습니다.
하늘의 중심에서 터지고 있는

무언가가 분명 있는 거예요.

변하지 못하는 저를

사랑해주세요.

조어(鳥語)의 가을

거리의 가을은 쇼윈도우 속에서나
　물들어간다.
정체 모를 새가
　멍하니 머리를 기울인 채.

왜 그런지 가을 새는 짹짹거리지 않는다.
지빠귀든 때까치든 계절이 끝나가면
갈라진 목소리밖에 들려오지 않는다.
다른 이의 접근을 밀쳐내는 비명 소리
그림자를 한층 짙게 하는 것은
노을 속의 저 까만 새.

그것은 있어도 그림자에 불과한
실재의 공(空) 그 묵시였다.
담담하게 비치는 햇살일수록
　사물들 사이에서는 희미한 법.
사실, 애처로운 사자(死者)들은 모두
단색 그림자로 배어들 뿐이다.

기억의 바닥에서 모든 것은 정지된 영상이다.
멀구슬나무 열매는 지금도 노란 빛을 띠고
빛을 등지고 삐걱대는 로프를 보던 새
가지에 머물러 움직이지 않는다.

마을의 내력은 이제 일본에서 끊어져버린 것인가.
저 새가 불길한 것은 전해준 관습이 어두웠기 때문이다.
불길한 죽음과 함께였기에
완전히 검게 된 것이다.

고향도 연고도 잃은 새가
  쓰레기밖에 주울 게 없는 일본에서
나의 말을 모이로 살아가고 있다.
나는 점점 까악까악 외칠 수밖에 없는
  새가 되어가고 있다.
곧 입술이 붉게 물들 것이다.

묵묵히 있을 뿐인 새를 올려다보니
검은 그림자가 그날 그대로
무심하게 나를 보고 있다.
목소리를 낼 수 없는 자는 언제나
빛 속에서 검어진다.

전설이문(傳說異聞)

너는 내 옆에

이젤을 세워

눈부신 색동 의상을 걸어두었다.

나는 그것을 네가

손에 쥔 집착이라 생각하였다.

담아넣을 수 있을 만큼

체적 없는 형태를

너는 눈동자 안에 펼쳐

날개를 퍼덕이고 있다.

확실히 의상은

떨어져 있는 사람 마음의 화신.

전설은 품고 있지만

날개는 없다.

오래전에 멀어진 것의 잔영을

의상이 보고 있는 것이다.

이젤에 기대어 있는 망향처럼

비상(飛翔)은 오로지 재일(在日)의 한가운데에서 시들고

있다.

어떻게 탈피를 했다고 해도

희구(希求)는 이처럼

걸어둔 형태 그대로 구체적이다.

의상은 벽을 등지고 걸려 있고

창문은 입 다문 캔버스 상단에 있다.

너는 그 중심에 색동을 띄웠는데

그것은 소나무 사이로 바람 부는 바닷가다.

나는 뚜렷하게 그것을 바라볼 수 있다.

이향(異鄕)에서 이어온 세대의 먼 저편

흰 구름은 얇게 뻗어나가고

색색이 고운 옷은 하늘 높이 날아오른다.

희미한 전언

손을 쬐면
빛이 술술 떨어져온다.
빛바랜 달력
입자처럼.

이렇게도 맑은 햇빛 속에서는
누구든 묵묵히 있을 수밖에 없다.
헤매면서도 갈 것은 간다고
스스로 자신을 타이를밖에.

벌거벗은 나무 끄트머리
감이 하나 빨갛게 선명하다.
모든 것이 바뀌어도
해마다 누군가 또 같은 광경을 본다.

그것이 얼마나 높은 외침인지
사람의 귀에는 와닿지 않는다.
석양에 물들고 종소리에 스며들어

푯돌을 울릴 뿐이다.

잘려나간 노을만이
원풍경(原風景)을 남기는 거리에서
양손으로 감싸
한줄기 고동을 가슴에 전한다.

두개의 옥수수

젓가락이 멈추었다.
우동이 스스로 떨어져나간 것이다.
끓여지기 전에
이것은 일찍이 밀이었다.
아득한 바다 저편
너른 밭에서 수확된 밀은
천지가 베푼 생명의 양식으로
반죽되어갔을 터였다.
개발로 뜨거워지는 지구의 숲을 베어
점증하는 바이오 연료 경작이
열매 맺는 밀의 기쁨을 때려부수었다.

계절을 털어버리는 바람 속에서
대지의 숨결은 금빛 알갱이 속에 들어가
빵이 되고 국수가 되어
예전에 불어오던 바람을 아쉬워하며 재잘거렸다.
시대는 대지를 말려버리고 산 가득한 초록을 뭉개버
렸다.

네가 태우는 하이웨이의 바람,
네가 흘리는 에너지의 피
새 천년의 시대를 나부끼면서
새로운 괴멸을 만들고 있지만,
그건 모두 끊어질 듯한 지구의 고동과
잘린 초록의 맑은 지맥에서 스며나온
벼 포기와 나무들의 기화(氣化)된 유언이었다.

국물 바닥에서 면을 건져내어
나는 조용히 네게 맥주를 권하고
초록의 유품인 젓가락을 가지런히 놓았다.
그리고 너와 나는 자신의 수액을 들이마시는
두개의 옥수수가 되었던 것이다.

녹스는 풍경

어디를 어떻게 헤매었는지
거의 남지 않은 산감〔山杮〕
붉은 과실 밑에
소라 껍데기 하나
위를 보며 구르고 있다
하늘 끝 추위에 떨고 있는
붉은 외침과
찢긴 하늘을 마냥 우러르고 있는
헛된 외침이
열리지 않는 나무문
녹슨 지도리 한쪽에서
멈춘 시간을 견디고 있다

감도 곧 떨어져
스스로 시간의 출구가 되겠지
거기서 메말라가는 것이
거기서 그대로 메마르게 한 시간을 부수고 있겠지
시간이 흐른다는 것은

자전(自轉)에 동일화하려는 자의 착각
묵묵히 있는 것의 깊은 바닥에서
더없이 많은 시간을 시간이 가라앉히고 있다

매번 똑같이 매번 그 위치에서
햇빛은 기울며 찬장을 범하고
삶은 단란함의
부드러움 가운데
옷장 안을 습하게 한다
빌딩의 난반사나
생명보험 통장보다
시간은 여기에서 좀더 짙게
나날을 바림질하며 묵묵히 있다

나의 시간도 아마
타고 넘어온 어딘가
그늘에서 입을 크게 벌리고 있었으리라
거기에는 아직 사물에 익숙해지지 못한 시간

그 풋풋한 모습이 있었을 터이다
순간 개똥지빠귀 한마리
점이 되어 사라지고
이제야 수직으로
지금껏 누구 한 사람도 들은 일 없던
침묵 덩어리가 추락한다
녹슬고 있는 나의
시간 속을

여름 그후

겨울이 온다.
어김없이 오는 너로 드디어 안다.
여름은 역시 백일몽이었다고.
또다시 들떠 봄은 오고
그렇게 1년이 60년*이나 되었던 거라고.

밤새 오는 비에 더없이 투명해진
감잎의 희미한 방전.

내 끝없는 꿈의 대지를
함성은 길모퉁이를 돌아 사라져버리고
건너오는 바람에 기척 하나 전해오지 않는다.

기다리든 말든
너는 오고 지나간다.
기다릴 이유가 없을 때도 너는 와서
오래 눌러앉는다.

기다리고 기다리는 누군가 아직
지금도 그곳에 살아 있을지.
쑤시는 고통마저 희미해져버린
저 석양만이 아름다운 나라에서.

밤이 깊어가는 것은
별들도 감회에 젖기 때문이다.
내가 때로 밤하늘을 쳐다보는 것도
꺼림칙한 반평생이 밤이면 눈을 깜박이기 때문이다.

60년 동안
내게 불행은, 아니 나와 얽힌 동포의 불운은
모두 외부에서 온 것이었다.
타자를 판결하고 정의를 자처했다.

관용이란 결국
우월한 자신의 과시.
성실 또한 겸손한 자신이 있을 때 얘기다.

그래, 잊고 있었던 거다.

수줍음은 부끄러움을 타는 우리 동족 고래(古來)의 꽃이
었다.

주의(主義)를 앞세우고 주의에 빠져

이래저래 퍼마시고 시절에 분노하고

아아, 이런 매몰이라니.

훨씬 이전에 소생했을 나라가

지금도 어두운 건 내 탓이다.

먼 함성을 막연히 기다리는

내 속 깊이 드리운 여름의 그늘이다.

어김없이 겨울이 온다.

따로 기다려야 할 봄의 겨울이 온다.

기다리고 지나가고 또다시 늘어지고

누군가 돌연 주변에서 사라지고

그래도 기다리는 사람들의 나라여.

겸손하지 않으면 견딜 수도 없다.
둔해지지 말고 썩지 말고 늘어지지 말고
소박하게 보듬으며 앞을 양보하자.
이제야 알게 된 어리석은 나의 60년이다.

• 일본인이 말하는 '종전'과 조선인에게 '해방'인 1945년 8월부터
  딱 60년이 된 때가 2005년의 여름이었다.

겨울

이토록 멀어져버리고

월드컵으로 들끓는 서울에서
안정환이 골을 넣었을 때
환성은 시공을 건너 내 목소리마저 춤추게 했다.
달콤한 얼굴로 계속 웃으며
기량 덕에 그는 일본에 건너왔지만
납치 생존자 다섯명이 트랩을 내려왔을 때는
나도 그만 한탄인지 한숨인지 알 수 없는 신음에
뻣뻣해지고 말았다.
온통 탄력을 잃은 나는
경탄과 비탄이 등짝을 붙인 채 닥쳐온 그해
저 제트기 소리 저편 햇빛을 생각하며
창문 밖 작은 자연을 내다보곤
꽃은 역시 무심히 지나쳐 유죄라고
막연히 봄의 이른 꽃들을
턱을 괴고 생각해보고 있었던 것이다.

나뭇잎 한장

한장의 잎을 주워
처음인 듯 들여다본다.
반쯤 물든 채
잎은 끝내 이루지 못한 모습으로 떨어져 있고
그래도 이것이 일생이라고
어렴풋이 바람의 내음을 풍기고 있다.
생각해보면 도중은 과정의 한가운데이고
끝은 항상 끝나지 않은 채 끝나버리는
도중의 집착이기도 하다.
그리하여 그 멈춤은
본래로 돌아가는 시작이기도 하다.

흙으로는 도저히 돌아갈 수 없는 수많은 잎이
가로수 아래 뭉개지고 뒤틀려
뛰쳐나가고 싶어 몸을 흔들고 있다.
이제 바람을 일으켜
거리의 하늘 가득
사라져버린 참새떼를 소생시킬지도 모른다.

나는 새삼스레 나무 껍데기를 어루만지며
스스로 떨어져나간 다른 잎을 쥐고 소리를 질렀다.
얼마나 많은 편법이 나무를 치장해왔을까.
말이 없는 잎은 색색이 날리며 쌓여
그저 날라다 불에 던져지는
너무나 무기질적인 패배에 길들어버렸다.
떨어지면 모든 게 끝이란 밀인가?!
도중의 과정을 빼앗긴 채
사물 모두가 생존 귀속을 죽여간다.
가을에조차 뒤처져버린 얼룩진 이파리에
뺨을 대고
겨우 한장
바람 빛나는 공중에
날린다.

뛰다

나뭇가지 너머로 햇빛이 찢겨 있다.
알몸을 드러낸 동산이 얼어
모가지를 쳐든 포클레인이
드러낸 이빨로 바람을 구부리고 있다.
벼랑까지 내몰린 잡목 몇그루
적어도 썩어 흙으로 돌아가야 한다고
뿌리째 뽑혀 연기가 되기보다는
차라리 쓰러져 이 땅에 묻혀야 한다고
한발 한발 기다릴 것도 없는 봄을 안달하면서
가는 거다, 싹을 틔우기보다
씨앗이 되어 바람을 타는 거다
라며 기진한 목소리로 나를 보챈다.

조만간 생활의 싹이 쑥쑥 돋아날 것이다.
인근엔 버섯이 무성하고
나는 식탁에서 궁리하며 망설이고 있을 것이다.
머지않아 마르고
굶주린 정령들이 내려올 것이다.

그리하여 무자비한 살생이
초봄이면 반복되는 것이다.
이 무심함을 축복해서인지
거리는 어느새 화려해진다.
싹을 틔워도 무익한 가로수
그래도 바람은 휘감기고
기다릴 만큼의 시절은 이미 무너져버렸다고
죽은 자들이 얼룩진 그늘에서 웃고 있다.
뛰어야 해! 어찌 됐든
틈새의
도달할 수 없는
씨앗이여.

겨울의 보금자리

투두둑 나뭇가지 부러진다.
눈에 휘어진 대나무가
늘어진 잠을 튕겨 올린다.
이미 눈을 잊은 도시의 밤 깊은 곳
갈 곳 없는 젊은이 하나
멈춘 인터넷 화면에서 땅을 흔드는 눈보라를
엿보고 있다.

마을을 빠져나온 그 남자는
파견 나간 직장에서 하루 종일 몸을 움츠리고
빌딩 사이에서 짙은 잿빛 석양을 바라보며
나는 어디서 처져버린 걸까
웅얼대는 목소리로 낮추어 운다.

진흙처럼 녹아 있고 싶은 잠이다.
떨어져 가라앉아 밑바닥에서 얼어붙어
그대로 굳어버리고 싶은 밤이기도 하다.
정처 없는 거처의 등받이가 멋대로 삐걱거리고

교신 없는 화면이 여전히 빛을 발하며 명멸한다.

나무가 넘어진다.
마을 사람이 달린다.
폐교의 창문이 덜커덩거리고
개가 한창 짖고 있다.
꽤나 멀리 왔을 터인데
마을은 아직도 얇은 잠에서 멀어지지 않는다.

자멸이다.
어떻게 되든 덤벼드는 것이다.
하이에나가 희미하게 눈을 뜬다.
철책 우리 안에 웅크린 자신이 보인다.
빠져나가려고 해도 나갈 수 없는 남자에게
이미 추방의 시간이 닥쳐오고 있다.

파란 대나무가 휘청
여우눈*에 몸을 떤다.

* 햇빛이 쨍한 날 오는 눈.

구멍*

운하 웅덩이에 비가 꽂힌다.
골목 낡은 기와가 겨울비에 젖어 있다.
언제 장식해둔 조화인지
말라버린 색깔로 우중충하게
옷장 위에 서로 기대어 있다.
삶이여.
끌려간 사람의
쉰 목소리여.
바다를 건너도 거처는 끊어지지 않고
시대가, 세대가, 옮겨가든 변해가든
기대어온 습관을 고수하며
끝내 어울리는 일 없이
어중간한 고향 사투리로 늙어버린
동네 안에 멈춘 그늘 속의 일본어여.
　호또께에— 호또께에*—
　내버려두라고 말한 것인지
　부처님이라고 외친 것인지.
　시설의 차에 실리는 동안

노파는 숨 끊어질 듯 몸부림친다.
원래 처음부터
이상한 억양을 반복하는 말이었다.
정주한 사람들 서로 섞여들지 않는 울림이
삶의 밑바닥에 앙금처럼
나날의 틈에서 끈적대고 있었기 때문이다.
세대는 완전히 멀어져
늙은이 고집도 뒷골목에 갇혀 있다.
이어줄 사람 없는 노파
흔적이 남은 방의 거처를 닫으며
까맣게 빨래 건조대가 젖어 있다.
겨울비는
줄기까지 보이는 하얀 비.
멀리 코리아타운 게이트가 희미해지며
미처 챙기지 못한 풍령(風鈴)
아련히 내 마음속에서 울린다.

* 이 시의 제목은 '空隙'이며, 시인은 여기에 'つぼくら'라는 후리가나를 달았다. 그리고 이 말에 대해 "미에 지방의 '구멍'의 방언"이라고 각주를 붙여놓았기에 '구멍'이라 번역한다.
* '내버려두라'를 의미하는 '홋또께'로도, '부처'를 의미하는 '호또께'로도 들릴 수 있는 발음이다.

수국의 싹

샌들 공장 앞 상자에 심긴 수국
암홍색 새싹을 슬쩍 내밀고
땅거미 속에 뾰족해져 있다.
시든 모양새로 견딜 수밖에 없는
열매 하나 맺지 않는 관목이다.
살아남은 끝자락 표시 같기도 하고
캡슐 모양 달라붙은 진딧물 껍데기가
몇개인가 줄기에서 갈색인 채 찢어져 있다.
나돌아 다닐 수 없는 남자가 틀어박힌 어두운 공장에
엄청난 박쥐떼가 들보 뒤 어둠 속에 눌러앉아
출구가 언제든 열리기를 끈질기게 기다리고 있다.
남자는 남자대로 야음을 틈탈 자신의 비상(飛翔)을 상상
하며
짧고도 긴 목욕탕까지의 행로를 가늠하고 있다.
저임금을 받아들인 오버스테이 처지로서는
어떻든 동포들 동네 한가운데 있는 것이 위로이고
같은 테이프로는 민요 카세트를
라디오 이어폰에서 손을 떼지 않는다.

가지를 휘감으며 수국이 우거질 무렵

상자 속에 숨어 울던 귀뚜라미 쪼가리

시너 냄새 나는 골목 땅거미에 녹아들어간다.

일감 끊기기 일쑤인 공장은 일찍 문을 닫고

사흘째 첫머리를 넘기지 못한 편지의 남자가

식어버린 호까호까 도시락* 랩을 벗긴다.

어느 것 하나 손에 익은 물건을 갖지 못한 이방의 남자

마른 형광등 밑에서 젓가락을 움직이고

밖은 완전히 어둠에 잠긴다.

아무래도 한파가 다시 올 모양이다.

어쩔 수 없을까.

그래도 싹을 살짝 내민

상자 속 수국.

* 호까호까(ホカホカ)는 '따끈따끈'이라는 의미의 의태어.

사람은 흩어지고, 쌓인다

갑자기 날이 저물고
어딘가 먼 곳에서 구급차가 발을 구른다.
몇겹이나 되는 구름을 재빨리 건너가는 바람.
서서히 물들어가는 거리의 등불.
사람들은 귀로의 계단을 다투어 내려오고
능선을 그리는 최후의 햇빛 한줄기
해 뒤로 도시를 끌고 간다.

갑자기 저문다.
밤마다 동네에서는
그리운 얼굴이 흩어지고, 쌓인다.
잠 속에서도 소리 없이 웃음 지으며
기억의 흔적을 흩뿌리며 온다.
하나하나가 불면의 덩어리이다.
이 시커먼 백년을 앞에 두고는
어느 누구든 자신의 후회를 곱씹지 않을 수 없다.

집들 사이로 바람이 흐느낀다.

잔상마저 남기지 않고 해는 저문다.

남겨진 생애처럼

떨어질 듯 과실 하나 높은 가지 끝에서 떨고 있다.

집집마다 슬그머니

돌아가는 시간을 멈추어두고

거리의 황야에 흩어지고, 쌓이는

아아 그리운 사람들.

어렴풋이 등 뒤에서 희미해져가는

아아 돌아갈 곳 보이지 않는

가느다란 그림자.

그림자는 자라고

거기에선 아직 그림자가 길게 자라고 있다.
물가로 가는 닫힌 길에서 흐느끼는 것은
우뚝 솟은 벽 저편에
통곡의 벽이 있기 때문이다.

어느새 저물어가는 거리에서
누군가가 지금 시계를 보고 있다.
아무래도 올 사람이 오지 않음은
내가 여기에서 이유 없이 지체되고 있기 때문이다.

부서진 벽 그늘에
지금 눈물에 잠긴 가족이 있다.
구획된 세계에서 울고 있는 사람은
눈물을 잃어버린 나를 울고 있는 것이다.

얼어붙은 강가를
지금 사람의 그림자가 기어가고 있다.
국경의 끝없는 밤을 건너가는 사람은

이 뻔뻔한 나를 향해 걷고 있는 것이다.

징글벨도 울림을 멈추고
다들 귀로를 서두르고 있다.
해〔年〕는 기울어 그림자는 길어지고
머나먼 거기에서도 나의 어둠은 넓어져간다.

지금 다시 신년은
나의 등 뒤에서가 아니면 눈 뜨려고 하지 않는다.

봄

이 무명(無明)의 시각을

차폐(遮蔽) 없는 관문을 넘어

해(年)는 오는가

해는 가는가

저기 남겨진 채

산감(山柿)이 가지 끝에서 해를 넘기면

굶주림은 떨리며

새가 되는가

흙이 되는가

아니면 박명(薄明)의 해를 빠져나와

어딘가 여윈 땅에 거꾸로

실려온 목숨도 바람이 되는가

구호만 나부끼는

얼어붙은 황토의 위대한 나라에서는

어디의 무엇에 봄이 숨 쉬고

굶주린 솥은 무엇을 삶으며

연기를 내고 있는가 끓고 있는가

관문 없는 시공을

세월은 기류(氣流)처럼 흘러

마침내 돌아오지 않을 것을
그래도 기다리는 사람이 있고
멀리서 목청껏 외치고 있는 사람이여
잔해에 죽은 자들이 모이는 저녁밥 때쯤
그나마 소리 높이 서쪽 해가 타고
마을에 활활 불을 지피고
해가 가는가
해는 오는가

귀향

고향이
돌아갈 곳이기 위해서는
　다시 한번 댐에 가라앉을 거처를 가져야 한다.

잔설(殘雪)의 동산에
다시 새벽 서리가 내려
그래도 부푼 진달래
미미한 벌어짐에 영기(靈氣)가 울리는
어느 봄날의
　누구보다 이른 아침까지 기다려야 한다.

개울의 물소리와 화려해진 꽃들.
고가(高架)에 낀 안개 속에서
사람은 오히려 멀리 돌아가기 위해 온다.
　이 넘치는 자연이라는 놈이 원수인 것이다.

특히 자운영이 한창일 때는 처량한 것이다.
파를 뽑은 노파 한 사람

이미 사람이 다 떠난 마을 도랑을 걷고 있다.
그 고독이 고립이 아니기 위해서는
넉넉한 물밑
　　녹나무 거목을 한 사람 한 사람 숨기고 있어야 한다.

고향이
돌아갈 나라에 있기 위해서는
멀리 뼈를 묻을 고향을 다시 한번 가져야 한다.

다시는 돌아갈 수 없는 나라일지라도
도달할 수는 있을 터라고
어느 봄날
누구보다도 이른 봉오리의 부풂을
　　슬며시 가슴속에서 벌어질 때까지 기다려야 한다.

바람에 날려 저 멀리

새벽 일찍
그것은 나무를 구부려 문을 두드리고
차양을 흔들고는 고꾸라졌다.
꽃잎을 끊임없이 흩뿌리며
천공을 춤춘 바람이 다시 땅을 울리며 달려가고 있었다.
스스로 분발할 수밖에 없는
어쩔 도리 없는 바람.
타오르는 중동에 모래먼지 감아올릴 바람이
지천에 깔린 목숨을 휘익 쓸어가면서
부풀어오른 목숨을 격하게 흔들어
입 다문 시간, 거리의 문을 그저 스치며 거칠어지고 있다.
확실히 그것은 내가 신중히 들여다본 그것이다.
몽롱하게 시야를 닫으며
무한궤도의 쇳덩어리를 납작하게 만들며
일체의 화력을 침묵시켰던
저 메소포타미아
같은 시절을 똑같이 흔든 바람의 묵시만큼은.

계절이 드러난 자국을 생각하며
사람은 그렇게 사라져갈 봄을 아쉬워하리라.
그중에 혹여 발버둥치는 바람도 있었으리
라고는 아무도 생각해보지 않았을 것이다.
넘어지면서
몸부림치면서
저 멀리 지나가는 바람에
날아가버린 바람개비가 빨갛게
잔해의 그늘에서 숨을 거두고 있다.
그래도 바람은 냉혹한 기압의 낙차에 저항하며
사납게 아우성치며 가볍게 흔들리고
스스로 날려갈 법칙이 되기도 한다.
그렇다. 날려갈 바람이 정한 바에 따라
죽은 아이의 바람개비가 지금
라알라랄라
안도로메다 성운
블랙홀 저편에서
돌고 있다.

목련

이라크에는 목련이 피지 않으리라.
서울 대로에서 빈번하게 터지던
　　최루탄이
마드리드에서 로마에서
시드니에서도 자욱하게 피어오르고
겨우 핀 작은 꽃들
밀어닥친 시위대가 짓밟고 갔다.
하늘도 틀림없이 목이 메었으리라.
때아닌 비가 바람과 함께 쏟아져내리고
가로수의 새싹을 전율케 하며
거리 전체를 물보라로 뿌옇게 만들었다.

오오사까는 아무래도 소나기인 듯했다.
행사장인 야외 음악당에선
준비 중인 몇몇 젊은이가
펼쳐 내건 현수막을 펄럭이며
비가 그치기를 기다리고 있었다.
지난 시대를 돌이켜보면

나가따쬬오(永田町)*를 자욱하게 했던 것도
최루탄 가스였다.
오로지 시대를 증발시키고
드디어 국회의사당에서 괴조(怪鳥)가 날아올랐다.

오늘도 큰 집회가 될 것 같진 않았다.
빗줄기가 이어져
내게 흐름처럼 이어지는 떠들썩함.
더듬대며 퍼붓는
내게 흐름 같은 정적.
멀리서 말라가고 있는 외침 따위
흐름에 녹아 가라앉을 뿐이다.

역시 이라크에선 피지 못할 꽃인가.
아직 봉오리를 부풀린 채
행사장 한구석에 목련이 젖어 있다.
꽃받침을 꼿꼿하게 세우고 포기한 듯 젖어 있다.

이어지다

이어짐에는 속성이 있다.
엔까*가 시정(詩情)이라도 되는 것처럼.
유희장(遊戱場)에서 군함마치*가 들려오면
가두선전 차량도 솟구치려는 듯 목청을 높이고
개호(介護)보험* 침상에서
쿠냥*과 상등병이 일어난다.
축축한 기억과 두개골
하수도의 어둠 속에서 뒤엉킨다.

관계에는 그만의 이유가 서로에게 있다.
벚꽃이 춤추며 참배 길*에 늘어서면
의원 배지가 계단에서 번쩍이고
색 바랜 사진도 상인방(上引枋) 위로부터
살았던 시대를 향해 떠나간다.
꽃가루 알레르기가 열렬히
예대제(例大祭)*에서 재채기한다.

사람은 이어진다.

연고와 이어지고 일과 이어지며
세속에 녹아들어 대중이 된다.
이브가 무화과와 이어진 덕분에
여기저기서 한창 설레는 가슴이 만나며 간다.
주름진 손과 손이
언덕배기 중간에서 가늘게 이어진다.

관계는 그물의 매듭 같은 것이다.
대부분은 거기에서 빠져나와
가로쓰기 문자만이 나날이 득세하는
디딤돌이 9조*와 만난다.
아무래도 정착하기 어려운 나라의 말이
일본어의 보도(步道)에서 '한류'와 만난다.
이어지고 싶은 나도 욘사마를 예찬하고
적당한 웃음으로 엘리베이터를 탄다.

어려움 없이 누구와도 이어지고
이어질 그 누구도

거기에는 없다.

* 일본의 대중적이고 서정적인 노래.
* 일본의 군가.
* 일본의 사회보험 제도. 일반 연금과는 달리 생활에서 다른 사람의
  도움(개호)이 필요해질 때 지급된다.
* 중국어로 젊은 여성.
* 야스꾸니 신사를 뜻함.
* 야스꾸니 신사에서 가장 중요한 행사.
* 일본 헌법 제9조.

언젠가 누군가 또

60년°이 지났다고
한차례 소란을 떨었던 우리였다.
그러고도 봄은 또 아무렇지도 않게 돌아왔고
지나간 겨울은 전혀 거칠어지지 않았다.
시들 만큼 연륜을 새겨넣은 것도 아닌데
살구는 다시 수꽃으로 흩어져가고
꽃제비°도 꽃의 하나인가
시든 마음이 중얼거린다.

저 위대하며 드물고 드문 나라에서
어제도 또 애처로운 누군가가 어둠 속에서 행방불명되어
우리는 본사(本社)로 돌아가는 친구한테 실컷 얻어먹고
이제 겨우 아시아를 반바퀴 돌아 서울에 도착했다고
사촌 형의 아들이란 자로부터 뜻밖의 편지가 오고
나의 무엇이 아시아와 연결되어 있는 것일까
점퍼 깃을 세우며 계단을 올라갔다.

그러나 어떤 이변도

우리의, 아니 내 주변의 무관심에서

이런 나의 방향을 바꿔놓을 순 없으리니

단지 초봄보다는 가벼워진 허리를 펴고

행락에서 돌아오는 무리 속에서 흔들리고 있었다.

일본은 정말 화려한 나라다.

의심할 이유는 누구에게도 없으리니

다소 들뜨기 쉬운 심분을

일본인과 비교해 수식한 것만으로

나는 행사장 근처 역에 내렸다.

다행히 아내는 아직 누군가에게 간병받을 정도로 약하지
는 않으며

나도 아직 술을 끊어야 할 정도로 병들지는 않은 늙은이
지만

그래도 무언가에 시달리는 듯 불안하기 그지없다.

책을 펼치면 활자가 구더기 되어 꿈틀대기 시작하고

갈 곳 잃은 소년이 몇명 암시장 뒤에서 어슬렁대며 간다.

의외로 빨리 한기(寒氣)가 녹기 시작한 탓도 있지만

전혀 뒤돌아보지 않는 부시의 독선이야말로
진정으로 규탄되어야 한다며 씩씩거리고
나는 행사장에서 한바탕 목청을 높이곤 했다.
그러나 기관차는 여전히 거기에 없고
단지 선로가 비에 어른거릴 뿐이다.
기억의 바닥에서 목을 짜내던
그 쉬어버린 기적 소리의 경의선이다.

설령 네 눈에 이슬 되어 흐르고 있어도
세월은 역시 거기 방치된 채 녹슬고 있다.
모두 다 굽이치고 나부끼며
그렇게 잊어간 세월을
그래도 우리는 여전히 안고 사는 것이다.
그렇기에 축복될 일 모두가
설령 축하받을 환갑이라 하더라도
서로 꺼림칙하기만 한 사이인 것이다.
10년 정도는 또 아무렇지도 않게 포개지고
마치 특별한 것처럼 너는 다시

목숨이 붙어 있는 한 끝내 생각해내기도 할 것이다.

하늘도 땅도 흔들리고 흔들리던 그 여름날

치켜올린 주먹

하늘의 푸름을.

- 일본 패전으로 식민지 통치에서 조선이 해방된 것은 1945년 8월 15일이었으며, 2005년 8월 15일로 딱 60년이 지났다.
- 북조선의 어린 거지를 뜻함.

4월이여, 먼 날이여°

나의 봄은 언제나 붉고
꽃은 그 속에서 물들고 핀다.

나비가 오지 않는 암술에 호박벌이 날아와
날개 소리를 내며 4월이 홍역같이 싹트고 있다.
나무가 죽기를 못내 기다리듯
까마귀 한마리
갈라진 가지 끝에서 꼼짝도 하지 않는다.

거기서 그대로
나무의 옹이라도 되었으리라.
세기(世紀)는 이미 바뀌었다는데
눈을 감지 않으면 안 보이는 새가
아직도 기억을 쪼아 먹으며 살고 있다.

영원히 다른 이름이 된 너와
산자락 끝에서 좌우로 갈려 바람에 날려간 뒤
4월은 새벽의 봉화가 되어 솟아올랐다.

짓밟힌 진달래 저편에서 마을이 불타고
바람에 흩날려
군경 트럭의 흙먼지가 너울거린다.
초록 잎 아로새긴 먹구슬나무 밑동
손을 뒤로 묶인 네가 뭉개진 얼굴로 쓰러져 있던 날도
흙먼지는 뿌옇게 살구꽃 사이에서 일고 있었다.

새벽녘 희미하게 안개가 끼고
봄은 그저 기다릴 것도 없이 꽃을 피우며
그래도 거기에 계속 있던 사람과 나무, 한마리의 새.
내리쬐는 햇빛에도 소리를 내지 않고
계속 내리는 비에 가라앉아
오로지 기다림만을 거기 남겨둔
나무와 목숨과 잎 사이의 바람.

희미해진다.
옛사랑이 피를 쏟아낸
저 길목, 저 모퉁이,

저 구덩이.

거기에 있었을 나는 넘치도록 나이를 먹고

개나리도 살구도 함께 흐드러지는 일본에서,

삐딱하게 살고,

화창하게 해는 비추어,

사월은 다시 시계(視界)를 물들이며 돌아 나간다.

나무여, 흔들리는 소리에 귀 기울이는 나무여,

이토록 봄은 무심하게

회오(悔悟)를 흩뿌리며 되살아오누나.

• 나에게 '4월'은 4·3사건의 참혹한 달이며, '8월'은 쨍쨍한 해방(종전)의 백일몽의 달이다.

봄에 오지 않게 된 것들

무언가 끝나가는 것이 보이는 듯하다.
나이 때문은 아니다. 아니 나이가 들었기에
느끼는 게 보이는 것인지도 모른다.
깎고 또 깎은 염가로
마구 다투고 있는
물건. 물건. 물건.
물건에 늘러붙은 가난이
풍족함에 둘러싸여 북적대고 있다.
메말라가는 지구의 굶주림도 개의치 않고
남기고는 버리고
막히게 하고 곰팡이를 날리고
자르고 파헤쳐 곰을 헤매게 하고
어디서 어떻게 시절이 어긋난 것인지
꿀벌마저 파견지에 가서 행방불명이다.

소생하는 계절에
올 것이 오지 않는다.
필 것이 피지 않는다.

날아드는 것도 좀처럼 찾아오지 않는다.
잠깨기를 부추기는 처마 끝의 참새.
슬며시 고개 내민 도라지, 금난초
　　큰구슬붕이.
들길을 즐겁게 해준 떡쑥에 고사리.
지천이어서 눈길도 주지 않던
가까운 것들.
소비로 시달리는 생활의 그늘에서
사라져가는 살뜰한 것들.
어머니,
돌아갈 일 없는 아들을 끝내 기다리며
늙어버린 당신을 생각합니다.
홀로 남겨진 고향에서
　　쓸쓸히 사라져간 당신이
눈에 띄지 않게 된 것들과 함께 보입니다.
싹트는 은혜에 매달렸을 거친 손이
메마른 대지의 갈라진 금처럼 보입니다.

그래도 화창하게 바람은 건너가
끝나가는 무언가가
봄 안개 저편에서 어른거린다.
이렇게 우리는
매일 무언가 잃어버리고 있다.
결코 미미하다 할 수 없다.
저 멀리 분명히
끝나가는 것이 보인다.
뒤섞이고 떠오르며
꽃잎이 춤추고
아아 이 바람과 함께
우리 운명이 불어온다.*

<hr />

• 마지막 두행은 릴케 「봄바람」의 일절.

　민망해서 그만두기는 했지만, 생각 같아서는 '김시종 서정 시집'이라고 이름 붙이고 싶던 시집이다. 일본에서는 특히 그렇지만, 서정시라고 불리는 것의 대부분은 자연에 대한 찬미를 기조로 노래해왔다. 여기에서 '자연'은 자신의 심정이 투영된 것이다. '서정'이라는 시의 리듬도 거기에서 흘러나오는 정감을 가리키는 것이 보통이고, 이렇듯 서정과 정감 사이에는 어떠한 간극도 없다. 정감이 곧 서정인 것이다.

　이 시집도 춘하추동 사계절을 제재로 하기에 당연히 '자연'이 주제를 이루는 것처럼 보이지만, 적어도 자연에 심정의 미묘함을 맡기는 것 같은 순정(純情)한 나는 그것으로부터 떠난 지 오래이다. 분명 그랬을 터였다. 식민지 소년인 나를 열렬한 '황국(皇國) 소년'으로 만들어낸 예전의 일본어와 그 일본어가 자아내던 음률의 서정은 삶이 있는 한 대면해야 할 나의 의식의 업(業)과 같은 것이다. 일본적 서정에서 나는 제대로 벗어난 것인지 어떤지. 의견을 주시면 감사하겠다.

수록된 작품 32편 가운데 15편은 학예종합지 계간『환(環)』(후지와라서점)에 연재한 것이다. 권두시의 자리를 내준 덕분에 오랜만에 시집을 낼 수 있었다. 후지와라서점의 후지와라 요시오 씨에게 먼저 감사 말씀을 드린다.

나는 일본 근대 서정시에 엄청난 영향을 받으며 자랐기에 사계절에 대한 관심 또한 누구 못지않게 강렬했다. 그만큼 계절이나 자연은 내 서정의 질을 검증하는 근거가 되어 지금에 이르렀다. 이제껏 내가 지녀왔던 과제에 대한 답안을 지금, 두려운 마음으로 독자에게 건네는 것이기도 하다.

2005년 복각 시집『경계의 시』를 낼 때에도 도움을 받았는데, 이번에도 역시 야마자끼 유우꼬 씨에게 신세를 졌다. 세세하게 신경을 써준 것에 감사의 마음을 전한다.

2009년 12월
김시종

서정에 반하는 서정, 녹슨 시간 속으로

1. 일본어에 대한 복수, 서정과의 대결

『잃어버린 계절』은 김시종의 일곱번째 시집이다. 중간에 출판되지 못하고 망실된 시집(『일본풍토기 II』)이 하나 있으니 사실상은 여덟번째 시집이라 해야 할까? 이 시집은 2010년에 출간되어 제41회 타까미준상을 받았다. 60년 가까이 시를 써왔음에도 일본 시단 안의 시인으로 받아들이지 않던 김시종이었으나, 이제 더이상은 그럴 수 없게 된 거목임을 인정하고 받아들이는 뒤늦은 의식(儀式)이었던 셈이다.

김시종과 일본 시단 사이에 오랫동안 지속되어온 긴장과 거리는 단지 그가 재일 시인이라는 사실과 관련된 것만은 아닐 것이다. 어쩌면 김시종 시의 중심에 있는 어떤 본질적인 요소와 관련된 것이라 해야 할 것 같다. 최소한 두가지가 그것인데, 하나가 '일본어에 대한 복수'라고 명명한 것이라면, 다른 하나는 '서정과의 대결'이다.

김시종은 계속 일본어로 시를 써왔다. 또한 그는 자신의 의식이 일본어로 구성되어 있음을 반복하여 말한 바 있다. 그의 사유와 문학의 밑바탕에는 일본어가 자리 잡고 있었던 것이다. 어린 시절, 식민지의 '황국 소년'을 사로잡았던 노래와 시들은 그가 정신없이 빠져들어갔던 일본어와 함께 그의 '서정'을 형성했다. "식민지 지배자의 위압적 정서보다는 차라리 정겨움으로 다가왔던" 그 서정과 결별했던 것은 1945년 8월 15일 정오, 천황의 '옥음 방송'과 함께 온 '해방' 때문이었다. 자신은 울면서 '패전'으로 받아들이던 그 방송을 듣고 주변의 모든 사람이 만세를 부르는 당혹스러운 사태. 그것은 모든 것이 새하얗게 변색되는 헐레이션의 빛이었고, 동시에 모든 의미가 한꺼번에 사라지는 무(無)의 심연이었다. 이후 그는 신이 나서 배우던 일본어와 정겹게 싸안아주던 서정의 세계와 낯설게 대면해야 했다. 손톱을 세워 벽을 긁듯 날 세우며 대결해야 했던 그것은 좋든 싫든 김시종 자신의 정서가 배양된 토양이고 그가 발 딛고 있는 지반이었다. 그러나 4·3 사건으로 인해 밀항선을 타고, 애써 떠나려던 그곳으로 운명처럼 '되돌아가야' 했다. 그렇기에 그 대결은 더욱더 강밀(强密)한 것이 되어야 했다.

시인들이 대개 그렇듯, 김시종에게 '서정'이란 자신의 문학적 삶의 '문(門)' 같은 것이다. 일종의 '근본 정서'로서의 '서정'은 감각기관을 통과하는 모든 것을 선별하는 무의식적 미감이자, 말과 글로 나오는 모든 것에 색조와 리듬을 부여하는 토양이다. '서정'이라는 이름으로 편안하고 자연스레 수용되는 이 정서적 토양은 삶의 근본을 이루며, 그 삶 속에서 무의식적으로 재생산된다. 서정은 우리의 일상에 녹아들어 있기에 거기에서 벗어나지 않는 한 자신의 서정을 보는 것조차 실은 매우 어려운 일이다. 곤혹스레 마주서야 했던 사건 속에서 김시종은 자기 삶의 대지였던 이 서정과 대면했고, 그것과 대결하며 살고자 한 것이다.

서정은 끊임없이 재생산되는 기관들을 연결시키는 톱니바퀴처럼 이미 삶 속에 뿌리내리고 있다. 삶의 근본에 존재하는 서정으로까지 내려갈 수 없으면, 그것을 뒤집을 수 없으면, 자신을 내부로부터 식민화했던 이 서정에서 해방될 수 없다. 혁명 또한 그러할 것이다. 기존 세계의 전복은 서정이라는 무의식적 정서를 바꾸지 않고는 불가능하다. 자신을 편안케 해주는 서정과 대결하려던 김시종의 문제의식은 이런 점에서 매우 근본적인 중요성을 띤다. 자신의 서정과 결별함으로써 그것을 통해 재생산되는 세계에서 벗어나려는 것이다.

그런데 김시종에게 이는 되찾은 한국어로 되돌아가는 것을 통해서도, 한국어의 시와 노래를 새로 익히는 것으로도 이루어질 수 없는 것이었다. 그것은 단지 자신의 자연스러운 정서 구조를 형성한 것에 한국어와 노래를 덧붙이는 것에 지나지 않기 때문이다. 더구나 한국을 떠나 일본에 떠밀려가게 된 그로서는 새로이 자신을 포위한 일본어와 그 서정이라는 대기와 맞서야 했다. 그가 거기서 선택한 길은 '일본어에 대한 복수'였다. 이미 익숙하고 편안해진 자신의 일본어와 싸우며 '자연스러움'을 거스르는 언어를 스스로의 언어 안에서 가동시키는 것, 낯설고 편안하지 않은 일본어를 만들어 유려한 일본어 안에 끼워넣는 식으로 '까칠까칠한' 일본어를 통상의 일본어 속에 밀어넣어 일본어 자체를 더듬거리게 하는 것이다. 무엇보다 자신의 익숙함과 대결하며 시작되는 그 고통스러운 과정을 통해 일본어에 없는 것들을 창조하여 일본어에 되돌려주는 것, 이것이 그가 말하는 '일본어에 대한 복수'다. 이 얼마나 긍정적이고 창조적인 복수인가!

대개 하나의 발음으로 읽히는 한국어의 한자와 달리 일본어의 한자 발음은 음독과 훈독으로 갈라지고, 그 각각도 단일하지 않다. 때로는 음독 훈독이 섞이기도 하는 등 매우 다양하게 발음된다. 그래서 후리가나(발음기호)가 없으면 이름을 정확히 읽기도 어렵다. 거기에 김시종은 낯선 발음을 붙이기도 하고, 쓰지 않던 한자어를 만들어내기도 한다. 한자 아닌 단어들도 익숙한 어법을 피해 납득할 수 있는 어색함과 생소함을 만들어낸다. 낯설지만 묘한 매력을 갖는 이 시어들은 '어색하지만 반복해서 다시 읽고 싶게 만드는 일본어'가 되어 나온다. 이렇게 만들어지는 사소한 어색함은 일본어가 '자연스럽게' 가지는 서정을 교란하여 독자로 하여금 그것으로부터 떨어져나가게 만든다.

리듬 또한 그렇다. 가령 장편시 『니이가따』에서는 거의 대부분을 3~5음절의 짧게 끊어진 시행으로 배열하는데, 시인 코오라 루미꼬는 "찢어진 호흡 같은" 이 시행들로 인해 저자 아닌 다른 이들의 숨결이 느껴진다면서, 이는 감정을 표현할 때조차 "원한보다는 분노를, 억제된 분노를" 느끼게 한다고 쓴 적이 있다(「書評 金時鐘詩集『新潟』」, 『新日本文學』 1971. 4., 95면). 시인의 감정 아닌 '누군가'의 감응을 표현하는 리듬이라 하겠다. 또 『이까이노 시집』에서 「이까이노 도깨비」를 비롯한 많은 시의 리듬은 7·5조 단가의 리듬과 다른 독자적 리듬 세계를 만든다(기타 자세한 사례에 대해서는 藤石貴代, 「"醜"を生きる日本語 ― 金時鐘の詩の言葉とリズム」, 『論潮』 6호, 2014를 참조). 『잃어버린 시간』처럼 계절을 다루는 시에서는 계절과 흔히 어울리지 않는 단어들을 계절에 끼워넣어 일본어로 '키고(季語)'라고 부르는 패턴화된 계절어를 깨고 계절적 감각을 교란한다. 데리다의 제자이자 일본의 철학자인 우까이 사또시는 김시종의 시에서 '일본어의 미래'를, '시간의 탈식민화'를 발견한다(鵜飼哲, 『応答する力』, 靑土社 2003).

일본어에 대한 복수를 말하지만, 김시종의 그 복수는 단지 언어적인 것에 머물지 않는다. 익숙하게 흘러가는 일상적 서정을 정지시켜 일상 속에 일상과는 다른 시간성을 끼워넣거나 생소하지만 그저 밀쳐낼 수 없는 낯선 정서와 감응을 만들어냄으로써 김시종은 자신이 익숙하게 기대어온 서정 자체에 대해 언어만큼이나 근본적인 어떤 '복수'를 시도하고 있는 것이다.

2. 이어짐에 반하는 이어짐, 서정에 반하는 서정

김시종에게 중요한 테마 중 하나는 '이어짐'이다. 그것은 어쩌면 이어짐을 거스르는 이어짐이다. 이어짐이란 흔히 연대라는 말을 상기시킨다. 그러나 김시종은 연대가 단지 타인을 위해 그들과 손을 잡는 것이라는 생각에 의문을 제기한다. 누군가와 이어지고 연대한다 함은 그 상대와 연관된 여러 인간관계에 맞물려 들어가는 것이다. 더구나 일본인이 손을 잡고자 하는 상대가 '재일 조선인' 혹은 '재일 한국인'이라는 표기를 피할 수 없는 경우라면 이는 절실한 문제가 된다. 재일을 하는 이들 간에 연대가 아닌 적대나 반복이 존재하는 상황에서 연대란 이 상황, 이 난감한 관계에 맞물려 들어가는 것이기 때문이다. 그러나 곤혹스러운 이 관계가 야기하는 당착, 그로 인해 제기되는 자기반문이 없다면 진정한 연대란 이루어질 수 없다는 게 김시종의 생각이다. 역으로 그렇게 익숙해진 것 자체를 다시 묻게 하는 것이 되어야 한다. 차별받는 자와 연대한다고 할 때에도, 차별에 익숙해진 자가 단지 차별하는 자뿐 아니라 차별받는 자이기도 하다면, 연대란 단지 차별받는 자에게 손을 내미는 것만으로는 충분하지 않다. 서로 친밀한 관계밖에 만들 수 없을 때라면 오히려 서로 출구를 찾지 못하는 상황에 들어갈 필요가 있다는 것이다(김시종, 「'연대'에 대하여」, 『재일의 틈새에서』, 돌베개 2017). "어려움 없이 누구와도 이어지고/이어질 그 누구도/거기에는 없다"(「이어지다」)라고 그가 썼던 것은 이처럼 쉽게 이어지고 쉽게 연대하는 것에 대해 묻기 위함이다.

김시종은 일본의 엔까(대중가요)와 서정에서처럼, 비슷한 것들이 같은 것이라도 되는 것처럼 섞이고 하나가 되는 현상들에서 이 '자연스러운' 이어짐을 본다. '국민'이란 이름으로 공유된 '자연스러운' 정서나 감각이 그것이다. 가령 일본의 국회의원들이 야스꾸니 신사에 대거 참배를 하는 것은 바로 대중의 자연스러운 정서에 호소하면서 그것을 이용하기 위함이다. '서정'을 문제화하고 그것과 대결하는 게 중요한 것은 바로 이 때문이다. 이는 단지 정치가들 이야기만은 아니다. 집성시집 『원야(原野)의 시』가 출판되자 그것을 사주고 축하연을 베풀어준 이웃의 동포들이 '이젠 우리가 이해할 수 있는 것도 써달라'고 했을 때, 김시종이 듣기 좋게 대답은 하지만 자신이 결코 그럴 수 없음을 미안

한 마음으로 되뇌어야 했던 것은 이 때문이다. 다른 삶, 다른 세계를 꿈꾸는 자가 대결해야 할 것은 어쩌면 가장 가까이 있는 동포들의 그 자연스러운 서정이다.

김시종에게 '멈춘 시간'이 중요한 것은 이 때문이다. 『이까이노 시집』의 「나날의 깊이에서 (1)」이나 『광주 시편』의 「바래지는 시간 속」, 이 시집의 「녹스는 풍경」 같은 시가 그렇듯, 그의 시집을 읽으면 '멈춘 시간'의 이미지들을 자주 만나게 된다. 진정 '사건'이라면, 잊어선 안될 것이라면, 자연스레 흘러가는 시간 속에서는 그저 흘러가게 둘 수 없다. 그것은 멈춘 시간 속에 바래진 장면으로 남게 마련이다. 흘러가지 않은 채 저기 남아 나를 쳐다보고 있다. 내가 언젠가 시선을 주기를 기다리며. 내 시선이 거기 가닿을 때, 그것은 나의 현재로 끼어들어오며 그 현재를 바꾸어놓는다. 관성적인 삶에서 벗어나는 이탈의 곡선을 만든다.

이는 '과거'를 현재 속으로 불러내는 것이지만, 때가 되면 야스꾸니 신사에 찾아가 의례화된 제사를 지내는 익숙한 저 행위들과는 차라리 반대된다. 그들의 기념행사는 익숙한 이어짐을 강화하는 공유된 감정을 통해 과거와 현재를 연결하고 과거를 현재의 일부로 만들지만, 멈춘 시간은 자기 자신의 익숙한 감각과 정서에 거스르며 끼어들어 현재의 시간에서 이탈하게 하기 때문이다.

이 시집에서 김시종은 이런 물음을 '사계절'의 시간에 대해서도 던지고자 한다. 이 시집에 붙인 '사시(四時)시집'이라는 부제는 사계절을 따라 자연과 인간의 서정을 노래하려는 듯한 인상을 준다. 그러나 이 시집에서 읽게 되는 것은 사계절로 상징되는 자연과 인간의 삶을, '잃어버린 계절'이라는 제목처럼 시간을 거스르며 '잃어버리고' 이미 잃어버린, 그러나 잊을 수는 없었던 멈춘 시간을 통해 계절의 시간을, 자연 또는 인간을 다른 어떤 것으로 대면하려는 시적 긴장이다. 자연스러운 서정의 내부로 들어가 그 서정을 멈추고 교란하려는 반서정적 서정시이다.

가령 「겨울의 보금자리」에서 인터넷 화면을 통해 남자 눈에 들어온 눈보라는 폐교와 추방으로 이어지며, 「두개의 옥수수」에서 계절을 털어버리는 바람은 지구 반대편에서 뭉개지며 수확되는 것과 내가 먹고 태우는 것을 하나로 연결한다. 잃어버린 계절 속에서 그가 발견하는 것은 '거리(距離)'이다. 제대로 이어지기 위해 필요한 것은 자연스러움에 반하는 이 거리이다. 거리란 새로운 관계가 생성될 수 있는 공백이고 여백이다. 그렇기에 '귀향'조차 애초의 고향으로 돌아가는 것이 아니라 다른 어딘가로 '돌아가는' 것이 된다. 새로운 길을 찾는 것이다. "다시는 돌아갈 수 없는 나라일지라도/도달할 수는 있을 터"(「귀향」), 이 또한 자연스러움에 반하는 이어짐이다.

쉽게 이어져버릴 때, 이어짐은 허상이다. 정체성에 기대어 그곳에서 생각하고 행동하게 되면 어느새 나는 나를 포위하고 있는 나의 서정과 이어지고 만다. 김시종 시에서는 잃어버린 계절과 함께 돌아갈 곳을 잃어버린 사람들이 등장한다. 잃어버린 것은 쉽게 향수를 불러낸다. 향수 속에서 그들과 만날 때, 우리는 과거의 서정, 과거의 세계로 되돌아간다. 그것은 너무 안이한 되돌아감이다. 그렇지만 서정이란 어떻게든 익숙함을 동반하는 어떤 세계의 대기 아닌가. 기존의 서정이 문제라 해도 서정 없이 살 수는 없지 않은가. 그렇다면 중요한 것은 돌아갈 곳을 잃어버린 자들의 고향을 새로이 만드는 것이고, 잃어버린 자들의 서정을 새로이 창조하는 것 아닐까? 서정에 반하는 새로운 서정을. 평생 서정과 대결해온 시인이 이 시집의 부제를 '김시종 서정 시집'라고 하려다 민망해서 그만두었다는 말을 우리는 이런 맥락에서 이해해야 할 것이다.

3. 멈춘 시간, 수직의 시간

'이까이노(猪飼野)'는 오오사까의 재일 조선인 거주지이다. 이름만으로 땅값이 떨어져서 주민 스스로 이름을 지워 버렸으나, 그런다고 없어질 수 없는 동네이다. 1978년에 간행된 『이까이노 시집』의 시어들을 배태한 것은 재일 조선인의 생활, 그 언어와 몸짓이다. 「나날의 깊이에서」 보이는 '나날, 오늘, 내일, 어제' 등의 표현은 변함없이 재생산되는 생활의 장을 표시한다. '나날'이라는 말로 표현된 일상, 이 것이 이 시집의 현장이다. 이는 "내일도 없고/어제도 없는" "원으로 환원된/직선처럼", "팽이"와 같은 나날이다. 일본 사회와 국가는 취직을 비롯한 세세한 차별책을 재일 조선 인에게 적용했기 때문에 안정적인 생활의 현실도, 더 나은 미래를 전망하는 꿈도 그들과는 거리가 멀었다. 그런 조건 에서 반복되는 나날의 삶이란 아무리 쌓아도 '높이'를 얻을 수 없는 것이다. 매일매일이 충돌로 멍들고 상처받는 삶이 다. 그래서 이 시집은 그 멍드는 나날 속에서 높이 대신 '깊 이'를 향해 파고들어간다. 흔히는 보이지 않는 표면의 깊이, 그 깊이 속에 응결된 다양한 색조의 감응들을 『이까이노 시 집』에서 읽을 수 있다.

　『이까이노 시집』이 "없어도 있는 동네"에서의 직접적 구 체성 속에서 재일의 삶, 그 시적 감응으로 응축시켜 밀고나 간다면, 『잃어버린 계절』은 생활의 구체성을 다룰 때조차 한발 거리를 두고 반추하고 곱씹는 듯하다. 「사람은 흩어지 고, 쌓인다」「그림자는 자라고」「언젠가 누군가 또」같은 시 들이 그러한데, 특히 「여름 그후」는 "이제야 알게 된 어리 석은 나의 60년"이라는 마지막 문장에서 보이듯 생각이나 심경의 변화마저 있었던 건 아닐까 추측하게 한다. 물론 이 시집에는 이 변화를 과장되게 해석하지 않도록 저지하는 다른 벡터들이 흘러넘치지만, 그 거리만큼 시가 싸안는 삶의 폭은 크게 넓어졌고, 시행 사이의 여백 또한 크게 넓어졌다. 이 시집이 '서정 시집'이라고 느껴진다면 아마도 이 여백 때문일 것이고, 그 여백에 숨은 어떤 감회 때문일 것이다.

올라설 높이를 갖지 못하던 이전과 달리 이 시집에서 김시종은 나뭇가지 끝에 홀로 매달린 감의 높이로 올라간다. 물론 그 높이는 세간을 내려다보는 높이가 아니라, 고독하게 떨어질 때를 기다리는 높이이다. 떨어지기 위해 올라간 것일까? 어떻든 이내 감은 떨어져 "스스로 시간의 출구가"(「녹스는 풍경」) 될 것이다. 떨어지는 감은 지면이 아니라, 그 아래 어둠 속으로 떨어진다. 그렇게 침묵 넝어리가 된 풍경은 녹슬고 있는 자신의 시간 속으로 추락한다. 어쩌면 60년을 반복해왔을 수직의 운동이지만, 그 깊이는 어쩌면 감이 되어 매달린 나뭇가지의 높이만큼은 더 깊어진 것이라 해야 하지 않을까?

김시종에게 계절은 여름에서 시작한다. 그에게 여름은 뜨거운 계절이고, 터져나온 아우성이 운모 조각이 되어 가슴에 박혀 있는 계절이다(「화석의 여름」, 『화석의 여름』). 매년 계절을 열며 다시 오는 여름은 언제나 "여름 바람처럼"(「잃어버린 계절」) 사라져간다. 그러나 산산조각 나 파편이 되어 박힌, "그럴 만큼 깊이 박힌 기억"(「기다릴 것도 없는 8월이라며」)은 흘러가길 거부한 채 거기서 녹슬고 있다. 깊이 가라앉아 "삶의 밑바닥에 앙금처럼"(「구멍」) 남은 그것은 여름이 올 때마다 되돌아온다. 매년 그러했듯이 흘러가는 시간과 다른 출구로 현재의 시간을 불러낼 것이다. 이렇게 가라앉아 녹슬고 있는 수직의 시간이 어쩌면 '생활의 깊이'를 만들고 있는 것 아닐까?

이 깊이 때문일까, 아니면 흘러가는 시간 때문일까? 이 시집에는 한편에서는 아득함을, 다른 한편에서는 근접함을 느끼게 하는 것들이 빈번하게 등장한다. 『이까이노 시집』이 '아무것도 아닌 사람들'에 대해 썼다면, 이 시집은 아득하게 멀리 있는 것, 먼 만큼 작은 것들, '이젠 오지 않게 된 것들', 그렇게 사라져가는 것들에 대해 쓴다. 아득한 오지의 마을(「마을」), 소리마저 잃은 새들(「조어(鳥語)의 가을」), 장맛비를 맞고 있는 의자(「빗속에서」), 빵이나 국수가 된 옥수수(「두개의 옥수수」), 풀이나 나물, 꽃, 참새 같은 것들(「봄에 오지 않게 된 것들」) 등등. 우리가 매일 잃어버리는 것들이지만 "결코 미미하다 할 수 없"(「봄에 오지 않게 된 것들」)는 것들이다.

이렇게 『잃어버린 계절』은 평상시에는 거기에 있는지 누구도 모를 만큼 작은 존재에 시선을 던지면서, 동시에 생활의 장을 그 밑바닥까지 내려가는 수직의 시선을 통해 아득하지만 인접한 거리를 바로 '내'가 서 있는 그곳에서 보여준다. 매우 가까운 곳에 있는 아득한 것, 혹은 아득히 멀리 있는 가까운 것의 역설적 감각은 있어도 보지 못하는 것, 또한 보지 못해도 있음이 분명한 것들을 지각하는 감각을 준다. 그것은 수직적 시간의 경험과 더불어 우리의 삶을 밑바닥에서 흔드는 것이다.

4. 지금 한국에서 김시종을 읽는다는 것

역자 중 한명이 10년 넘게 읽어온 경험에 비추어보면 김시종을 읽는다는 것은 그것을 읽고 있는 '나'의 서정과 대면하고 그것을 건드리는 일과 연결된다. 역자는 지금까지 그의 글을 몇번 인용한 적도 있었고, 거기에서 얻은 사상의 단서들도 있다. 일본에서의 조선인 차별 문제를 보편적인 인권 문제로서 접근하는 것이 아니라 구체적인 역사적 과정 속에서 바라보아야 함을 깨닫게 된 것은 일본인으로 살아온 자신의 삶을 역사적으로 보는 과정이기도 했는데, 이과정은 또한 반복해서 김시종을 읽어온 과정이기도 했다. 이는 자신이 속한 '일본'은 과연 어떠한 의미에서의 일본인지를 법적·정치적 구획을 넘어 구체적 관계성 속에서 반복하여 묻는 것이었다. 이러한 물음은 얽힌 감정을 전달하고 싶은 상대방이 있을 때 비로소 생겨나는 것 같다. 그러니 그것의 언어는 누구를 상대하느냐에 따라 달라진다. 김시종의 자서전이 잡지에 연재되었을 때의 제목 「가도 가도 꼬부랑길」처럼 말이다. 어떤 삶에 꼬부랑대는 변곡점이 있다면, 그건 분명 이처럼 누군가와 만나며 꼬부라지는 경험 때문이었을 것이다. 김시종이 말하는 연대와 이어짐이란 이렇게 곧은 선을 구부러뜨리는 충돌 같은 만남과 더 가까운 것이라는 생각이다.

김시종을 아주 좋아했고 내 나름으로는 잘 안다고 믿고 있었지만, 이번에 시집을 번역하면서 에세이나 강연 기록의 김시종과는 다른 김시종을 만날 수 있었다. 일본어로 김시종을 읽어온 사람 중에 적지 않은 분들이 역자와 비슷하게, 시가 아니라 시의 배경지식을 통해 '시인' 김시종을 이해해왔을 것 같다. 이 점에서 아직 김시종의 주요 저작들이 잘 알려져 있지 않은 한국의 독자들은 이런 배경지식 없이 시 자체를 만날 수 있는 기회에 열려 있는 것 같다. 이렇게 읽는 김시종은 분명 역자가 읽는 것과는 다른 어떤 것으로 다가올 것이며, 이를 통해 접속하게 될 사상의 회로 역시 다를 것이다. 어떤 김시종이 거기서 탄생할까?

김시종이 자주 쓰는 표현에 '시를 살다'라는 말이 있다. 시란 '쓰는 것' 이전에 '사는 것'이다. 시란 시인의 특권적 소유물이 아니다. 모든 이가 '시를 살고' 있다. 시인이란 '쓰는' 방식으로 시를 사는 사람이다. 써진 시는 쓰이지 않은 막대한 시들의 일부분에 불과하다. "짜내려는 말이 궁해서가 아니라 이미 존재하는 말을 다 가지지 못하고 있는 답답함"(「시를 쓸 수 있다는 것」, 『원야의 시』)에서 시는 시작한다는 것이다. 이미 존재하는 '나'라는 곳에서, 존재하지만 아직 감지하지 못한 서정을 통해 '답답함'의 벽 저편의 말을 발견할 때 '나'는 필경 달라질 것이다. '나'의 인근에 있는 세계도 달라질 것이다.

　김시종이 '조선'이라고 말할 때의 지리적 상상력은 국경보다는 생활에 입각해 있다. 생활 속에 이미 넘어선 국경이 있으며, 또한 넘지 못한 국경, 넘어갈 수 없는 경계가 있다. 김시종의 '조선'은 역사, 교양, 문화가 아니라 오감 전체로 둘러싸인 생활로 표현된다. 마치 군사경계선의 철책을 기어오르는 담쟁이덩굴처럼(「여행」). 월드컵, 북미 회담 등 지리적·외교적 국경에서 발생하는 어떤 사건이 마음을 울리는 감동으로 다가왔다면, '나'는 왜 그때 그렇게 감동했는지 생각해보아야 하지 않을까? 거기서 보게 되는 국경은 어떤 국경일까? 그러나 그것이 정치적·지리적 틀에서 생긴 것이었을 경우에도 실망할 필요는 없다. 김시종이 던져준, '나'의 서정을 직시하는 방법은 다른 출구를 알려준다. 서정의 출구란 지금의 '나'와 무관한 외부가 아니라, 그 서정의 경계와 대면한 자리에 있는 틈새나 어긋남이기 때문이다. 출구로 이어지는 길은 그런 '내'가 있는 자리에서만 시작할 뿐이다. 바로 거기서 '나'는 '나'의 생활과 서정의 재생산에서 조금씩 벗어날 수 있을 것이다.

시집의 번역자로 두 사람의 이름이 명시되어 있지만, 이 시집은 사실 2년이 넘는 기간 네 사람이 함께 번역한 것이다. 그렇기에 심아정, 와다 요시히로의 이름을 여기에 적어두어야 한다. 2016년 9월 '니이가따에서 『니이가따』를 읽는다' 행사에 참석한 것을 계기로 『잃어버린 계절』 『이까이노 시집』 『화석의 여름』을, 나중에는 『계기음상(季期陰象)』까지 번역하기로 했고, 이후 2년 넘게 네 사람이 만나 읽고 고치며 함께 번역했다. 이 시집은 그 작업의 한 결과물이다. 『잃어버린 계절』의 초역은 카게모또 쓰요시가, 『이까이노 시집』은 와다 요시히로(부분적으로는 카게모또)가, 『화석의 여름』과 『계기음상』은 심아정이 했고, 최종 교열은 이진경이 했다. 시적 문장으로 다듬는 과정에서 송승환 시인의 도움을 받았다. 다만 '시작'과 '끝'을 책임진 초역자와 교열자의 이름으로 출판하기로 하여 두 사람의 이름만 명시하게 된 것이다. 처음에 거친 직역의 번역문을 보고 난감했을 텐데도 역자들을 믿고 기다려주신 김시종 선생께 감사의 인사를 드린다. 번역된 시집 출판을 맡아줄 곳을 찾는 일도 쉽지 않았다. 시집, 특히 번역 시집 출판의 어려움에도 출판을 맡아준 창비에도 감사드린다.

2019년 여름
이진경·카게모또 쓰요시

김시종 시집

잃어버린 계절

초판 1쇄 발행 / 2019년 8월 5일

지은이 / 김시종
옮긴이 / 이진경 카게모또 쓰요시
펴낸이 / 강일우
책임편집 / 이선엽 박문수
조판 / 한향림
펴낸곳 / (주)창비
등록 / 1986년 8월 5일 제85호
주소 / 10881 경기도 파주시 회동길 184
전화 / 031-955-3333
팩시밀리 / 영업 031-955-3399 편집 031-955-3400
홈페이지 / www.changbi.com
전자우편 / lit@changbi.com

ⓒ 김시종 2019
ISBN 978-89-364-7775-2 03830